文・圖／美安

　　畢業於淑明女子大學視覺影像設計系，目前在弘益大學產業美術研究所主修插畫，並以繪本作家的身分發表作品。筆名「美安」韓文音同「美眼」，有期許自己「培養審美眼光（審美眼）」的含意。

　　《那時，沒人相信我》是她創作的第三本繪本，其他作品有《羅先生的早餐》、《不一樣的人們》、《與鳥共舞的人》；插畫作品則有《尋找本能》和《長鼻子國度》（以上作品皆為暫譯）。

　　她喜歡捕捉並描繪那些在日常生活中經常發生的小故事。

翻譯／尹嘉玄

　　韓國華僑，翻譯資歷十五年。曾任遊戲公司韓國主管隨行翻譯、出版社韓文編輯，現為書籍專職譯者。譯作有《82年生的金智英》、《雖然想死，但還是想吃辣炒年糕 1、2》等。

精選圖畫書

那時，沒人相信我

文・圖：美安｜翻譯：尹嘉玄

總編輯：鄭如瑤｜責任編輯：吳宜軒｜美術設計：莊芯媚
行銷副理：塗幸儀｜行銷企畫：許博雅
出版：小熊出版／遠足文化事業股份有限公司
發行：遠足文化事業股份有限公司（讀書共和國出版集團）
地址：231 新北市新店區民權路 108-3 號 6 樓
電話：02-22181417｜傳真：02-86672166
劃撥帳號：19504465｜戶名：遠足文化事業股份有限公司
Facebook：小熊出版｜E-mail：littlebear@bookrep.com.tw

讀書共和國出版集團網路書店：www.bookrep.com.tw
客服專線：0800-221029｜客服信箱：service@bookrep.com.tw
團體訂購請洽業務部：02-22181417 分機 1124
法律顧問：華洋法律事務所／蘇文生律師
印製：凱林彩印股份有限公司
初版一刷：2024 年 01 月｜定價：350 元
ISBN：978-626-7361-75-7
書號：0BTP1147

國家圖書館出版品預行編目 (CIP) 資料

那時，沒人相信我／美安作；尹嘉玄翻譯. -- 初版. -- 新北市：小熊出版：遠足文化事業股份有限公司, 2024.01
48 面 ; 21.2×30 公分 -- (精選圖畫書)
ISBN 978-626-7361-75-7 (精裝)

862.599   112020528

小熊出版官方網頁　　小熊出版讀者回函

那時，沒人相信我

文‧圖／美安　翻譯／尹嘉玄

放學後，我和曉莉、阿泰一起走路回家。

阿泰要我偷偷絆倒曉莉。
但我拒絕了。

曉莉摔了一跤，
哭著大喊是誰絆倒她的？

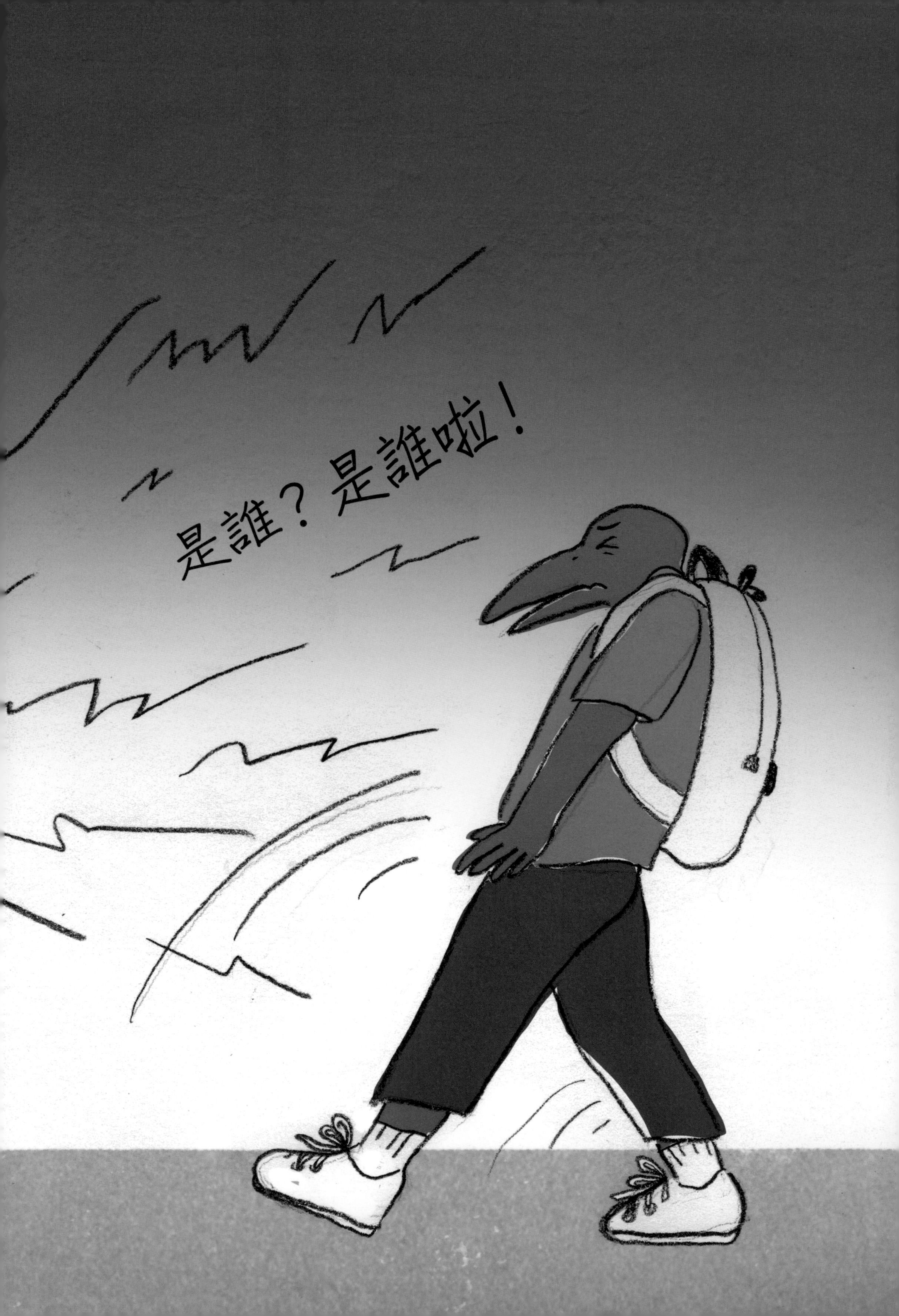
是誰？是誰啦！

阿泰說是我，曉莉對我大發脾氣。

我急忙說不是我。
「就是你伸腳絆倒她的啊！」
阿泰看著我說。
「真的不是我！」
無論我怎麼解釋，曉莉都不相信。
我只好自己一個人回家。

傍晚，曉莉的媽媽打電話來。
媽媽聽說了整件事後，急忙向曉莉媽媽道歉。
但曉莉媽媽揚言明天要去學校，便掛斷電話。
媽媽痛罵了我一頓，
不管我怎麼解釋，她都不相信我。

爸爸也責備我。
媽媽指著我說：
「說謊比犯錯更糟糕！你欺負
同學就算了，竟然還敢說謊！」
我委屈的掉下眼淚，伸手想抱媽媽。
媽媽卻說，不認錯就不准抱她。
我只能一直哭一直哭，哭到睡著。

隔天，曉莉媽媽真的到學校來了。
包紮著手臂的曉莉，站在一旁。

曉莉媽媽在老師和全班同學面前對我大吼大叫。阿泰滿臉驚恐的躲在同學身後。

我指著阿泰說：「是他做的！」然後阿泰就哭了。
曉莉媽媽見狀，更加生氣的指著我大罵：
「你還想嫁禍給別人，一點也不像小孩子！」
老師叫我明天請媽媽來學校一趟。

隔天，雖然媽媽到學校來，
我還是堅持不為自己沒做過的事情道歉。
於是回家後，又被媽媽訓斥一頓，我傷心的衝出家門。

我在社區附近遊蕩的時候，碰到同班同學，
他說要替曉莉出氣，朝我衝了過來，
我只好一路逃回家。

過去跟我要好的同學，
開始對我不理不睬。

他們說我是弄斷同學手臂的
神經病。
只要有人的課本、鉛筆盒不
見了，大家就說是我偷的。
我經常因為一些不是我做的
壞事，被老師叫去辦公室。

老師懲罰我，要我打掃教室一個月。
我覺得，大家好像都希望我是壞小孩。

放學後，我留下來打掃，但一團團陰影
圍繞在我的腳邊，怎麼掃都掃不掉。

小小的陰影越來越大，越來越沉重，
我雖然感到害怕，但在班上我總是一
個人，也沒辦法跟誰說。

媽媽說，在我向曉莉道歉、自我反省以前，她不會再和我說話。爸爸每天都很晚回家，總是見不到他。關於我的傳聞蔓延到補習班，所以我在那裡也是一個人。

陰影逐漸擴大，最終把我淹沒。
早自習時，我喘不過氣，滿臉通紅，
老師看著我，同學也紛紛望向我。
我終於知道要說什麼才能重新呼吸。
我舉手承認那些事情都是我做的，
然後低頭道歉，為絆倒曉莉和欺負同學的事認錯。
原本籠罩到頭頂的陰影，頓時消散無蹤。

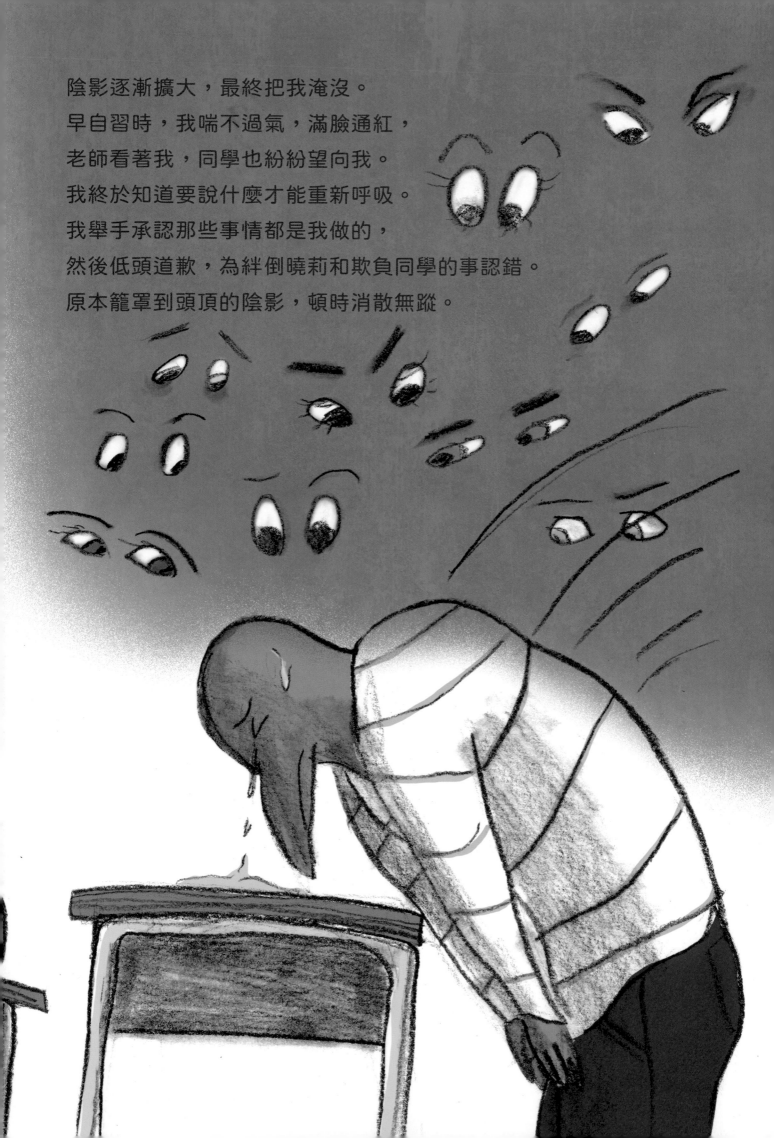

老師讚揚我勇敢認錯，請同學為我鼓掌，
同學們心不甘情不願的拍手，只有老師面帶微笑。
看著阿泰一臉終於放下心中大石的表情，我輕嘆一口氣。

我留在空無一人的教室裡打掃，掃到一半探頭看向窗外。
阿泰正左顧右盼，
走在他前面的同學，書包外側的口袋拉鍊沒拉好。
阿泰伸手進去時，正好與我四目相交，
他立刻別過頭，很快的跑走了。

我繼續打掃。

作者美安專訪──

以未完待續的結局，開啟思考的大門

創作《那時，沒人相信我》之前，我正籌備一個「真相在傳播中產生扭曲」的故事，但後來因故中斷，我便以這個發想另外構思了新故事，也就是現在各位手上的《那時，沒人相信我》。我想，每個人應該都被議論過，也當過謠言的傳播者。明明真相只有一個，從中衍生出的謠言卻會不斷轉換面貌，蔓延擴散出去。刺激又不失合理性的謠言，可以輕易的掩蓋真相，被議論的人即使清白，一旦心力交瘁，難免就會開始懷疑自己知道的真相，或為了擺脫當下的困境，配合說出其他人想聽的話。某人高喊的真相聽在他人耳裡成了謊言，決心說謊時卻反而受到接納，我想描繪這種矛盾又諷刺的窘境，所以創作了這個故事。

由於我是以親身經歷和親眼見證的現實作為故事架構，所以本書的結局可能會令人感覺不太愉快、好像沒有畫下句點；然而，世上的糾紛本來就很少有明確痛快的結局。因此，當我在處理個人難以按喜好下定論的議題時，會覺得並不需要寫出結論。我

希望包含主角在內的所有登場人物，都能依照自身的選擇改變方向；所以確切、沒有修改空間的結局，對我來說反而像緊閉的大門一樣令人難過。我一直都比較喜歡那種就算闔上最後一頁，仍感覺未完待續的故事，也希望讀者可以與我一起思考、尋求結局之後的各種可能性。

期待讀者可以用全新、自由的觀點來解讀《那時，沒人相信我》，也希望本書可以觸動你的內心，為你提供安慰或成為你轉變的契機。假如這本書能成為你未來動筆創作的養分，對我來說會是莫大的喜悅！

想更了解《那時，沒人相信我》背後的故事嗎？快掃描 QR，或上Youtube 頻道「小熊出版」，聽聽作者美安分享創作這本繪本時的心路歷程吧！

相信，是孩子變好的光

文‧**林怡辰**（國小教師、閱讀推動者）

曾經帶過一個很辛苦的班級，孩子之間彼此爭吵不說，下課還總與其他班級作對，沒有一刻安寧。初期不管在我或科任老師的課上，同學間總衝突不斷，對科任老師也劍拔弩張。每天都在輔導、談話，卻沒有什麼進展。

課堂時間短，有進度要顧，還有秩序要管，實在分身乏術。一忙一急，聽見後方有聲音，想著上一節課那孩子才頂嘴，怎麼又鬧事了？我轉身便不加思索的指責了之前吵鬧的孩子，那孩子馬上拍桌大喊不是他。

這時，如果是你會怎麼說呢？「就算不是你，你也要想想為什麼人家都覺得是你？」、「不是就不是，大聲什麼？」但當下的我，只是靜下心來說明為什麼我會誤會，然後馬上當著全班的面，向那孩子道歉：「不小心誤會你，你一定很不舒服吧！是老師的疏忽，真對不起！」

全班突然安靜，我正感到疑惑，才發現本來站著生氣的孩子，竟嚎啕大哭。

那次成了一個分水嶺，之後，班上的情緒問題明顯改進不少，本來是連退休主任都搖頭的班，到後來讓工友阿姨豎起大拇指，問我是怎麼辦到的？

我也好奇問孩子，是什麼改變了？孩子告訴我：「我們覺得你和其他的老師不一樣，可以說實話。」

這個經歷和《那時，沒人相信我》的故事剛好成為一個對比。繪本中的主角受到同學阿泰誣賴後，不僅同學、老師，甚至連爸媽都不相信他，彷彿被整個世界遺棄。書中深刻描述主角被冤枉誤會的黑暗和痛苦、隻身一人無處依靠的孤寂，以及最後被迫道歉的傷心。

我曾在教學現場看過和主角相似的孩子，態度桀驁不馴、神情滿不在乎。想來如果曾經被冤枉、被誤會，身邊卻沒有深愛的人相信他、支持他；那麼，孩子哪有力量堅持做正確的事呢？

希望繪本《那時，沒人相信我》可以成為契機，讓親子師生在共讀中，都能覺察、正視被誤會的傷心和痛苦；甚至讓許多深陷於過去不被信任、被誣陷、被冤枉的黑暗中的孩子能感覺被接住、被理解。

世上沒有完全一模一樣的人，每件事在不同人的眼中有著不同的樣貌，很難以對錯二分。因此生活中的糾紛和誤會，都需要雙方當下彼此交流，說說自己看見、感受到的，再聽聽別人怎麼看；經過充分溝通，才能避免誤會發生。

如果誤信孩子，會不會導致他逃脫應受的懲罰，之後再犯？相信家長、老師都會有這樣的擔憂，但若冤枉了孩子，傷害是不是更大、更撕裂彼此的關係？兩者相衡下，我選擇相信孩子，並藉由共讀《那時，沒人相信我》，開啟與孩子的對話，讓主角的憾事，不要在生活裡發生。